KB093887

가끔
미치도록
널…

일러두기

• 이 책에 실린 노랫말은 한국음악저작권협회의 승인을 받아 게재하였습니다.
• 노랫말의 후렴구 등 반복되는 부분은 원곡을 해치지 않는 범위에서 삭제되기도 하였습니다.
• 일부 곡의 경우 노랫말이 길어 원곡의 의미를 해치지 않는 범위에서 1절만 수록하였습니다.
• 노랫말 표기는 국립국어원의 어문 규정에 맞추어 게재하나, 노랫말의 원 발음과 작가의 의도를 최대한 살려 게재하였습니다.

가끔
미치도록
널...

정지찬 엮고 씀

카멜레온
BOOKS

한 줄, 한 글자를 음미하며…

빠르게 변해가는 사회에 적응하기 위해 동분서주하다보면 빠르지 못한 것은 죄악시되는 듯합니다. 책을 볼 때도 빠르게 책장을 넘기고, 빠르게 정보를 습득하고, 빠르게 책장을 덮고 다음 책으로 넘어가야 합니다. 그렇게 많은 책을 바쁘게 읽어가야 합니다. 바쁜 시대에 살아남기 위해서는 누구보다 더 많이 더 빨리 살아야만 한다고 얘기들 합니다. 바쁜 시대에 쫓겨 사는 우리들에게 한 줄 한 줄을 생각하며 음미한다는 것은 사치처럼 느껴집니다.

요즘 '슬로 리딩'이란 독서법이 다시 주목 받는다고 합니다. 빨리 읽고, 많이 읽는 것을 중시하는 바쁜 시대의 독서법들과는 달리, 슬로

리딩은 깊이 읽고 천천히 음미하면서 즐겁게 책을 읽는 것을 뜻합니다. 책 한 줄 한 줄을 천천히 음미하면서 읽다 보면 미처 알지 못했던 의미와 작가의 의도를 알게 되고, 심지어는 책 한 줄, 한 글자가 내 삶을 비추어 보는 거울이 되기도 합니다. 글이 그려 주는 장면들, 행간이 말하는 수많은 상상들, 조금씩 알아차리는 작가의 습관들, 이 모두를 보고 나면 글은 더 이상 이전에 내가 보았던 문자 정보와 확연히 다를 것입니다.

나에게 노래란 감정을 표현하고 서로 교감하는 것입니다. 감정을 표현하고 교감하는 것은 바쁘게 스치는 것으로 이뤄지는 것이 아니라 천천히 깊이 이뤄져야 하는 게 아닐까요? 이 책 속에 적힌 한 줄 한 줄의 노랫말을 천천히 음미해 본다는 것은 감정을 서로 교감하는 과정이 될 것입니다. 그리고 한 줄 한 줄을 음미해 보는 것이 가슴의 울림을 더 크게 할 것입니다. 여기에 손으로 직접 써 가며 그 한 줄 한 글자를 느끼고, 음악을 함께 듣는다면 오랫동안 마음에 남을 한순간이 될 것입니다.

이 책의 테마는 '사랑'입니다. 사랑은 한 마디로 정의하기 힘든 다양한 감정의 집합체가 아닐까 생각합니다. 사랑을 시작할 때의 설렘과 깊은 사랑 속에 느끼는 열정과 기쁨, 그리고 아련함. 이별 후에 느껴지는 애절함과 슬픔, 그리고 그리움 등 다양한 감정이 모두 사랑이란 두 글자

속에 담겨 있습니다. 그래서 사랑은 모두가 공감하고 오랫동안 기억할 감정 가운데 첫 번째가 아닐까 생각합니다.

　　좋은 노랫말들을 선별하면서 많은 작가 분들에게 더욱더 존경심이 생기고 감사한 마음을 가지게 되었습니다. 이 세상을 아름답게 하는 좋은 노래와 노랫말을 만드시는 많은 작가 분들에게 감사하다는 말을 이 책을 빌어서 전합니다.

2015년 늦은 가을

정지찬

띠링.

　　문자다. '시간 있어?'

　　　　눈을 비비며 몇 번이나 다시 열어 보았다.

　　　　　　따사로운 햇살에 휘파람을 분다.

#1. 사랑의 시작

설렘

인형의 꿈

일기예보 작사_ 강현민

그댄 먼 곳만 보네요 내가 바로 여기 있는데
조금만 고개를 돌려도 날 볼 수 있을 텐데
처음엔 그대로 좋았죠 그저 볼 수만 있다면
하지만 끝없는 기다림에 이젠 난 지쳐가나 봐

한 걸음 뒤엔 항상 내가 있었는데
그대 영원히 내 모습 볼 수 없나요
나를 바라보면 내게 손짓하면
언제나 사랑할 텐데

난 매일 꿈을 꾸죠
함께 얘기 나누는 꿈
하지만 그 후에 아픔을
그대 알 수 없죠

사람들은 내게 말했었죠
왜 그토록 한 곳만 보는지
난 알 수 없었죠 내 마음을
작은 인형처럼 그대만을 향해 있는 날

나를 바라보면 내게 손짓하면
언제나 사랑할 텐데

영원히 널 지킬 텐데

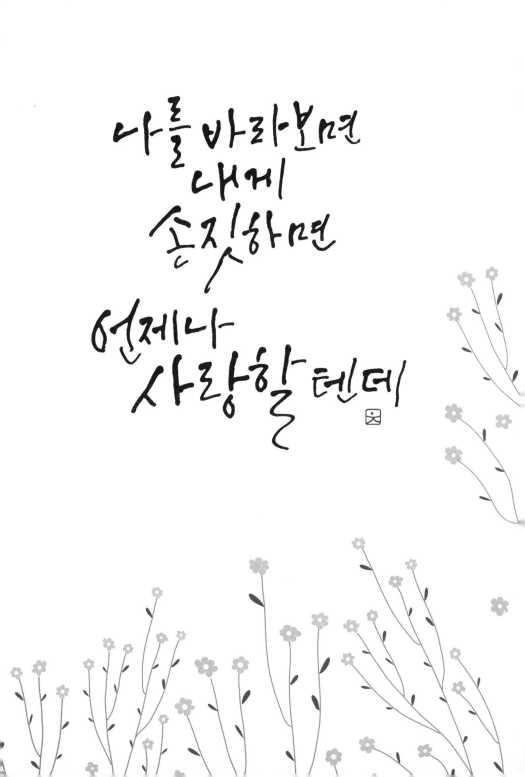

나를 바라보면
내게
손짓하면

언제나
사랑할 텐데

바래다주고 오는 길

바비킴 작사_ 신민욱

바래다주고 오는 길
또 그새 보고 싶어서 네게 전화를 했어
나 참 안 이랬었는데
너를 만나고 달라진 내 모습

두근대던 가슴에 사랑이 스며들고
가난했던 마음을 너로 가득 채우고
포근했던 말들로 사랑을 속삭이면
그 해 추운 겨울도 따스할 수 있어서
그럴 수가 있어서

내 눈은 너만 보나봐
내 귀는 니 목소리만 들리게 되었나봐
자꾸만 나 변해 가나봐
너를 만나고 사랑을 또 배우고

내 가슴은 아직도 너만 보면 설레고
포근했던 말들이 나를 버티게 하고
부드러운 손길로 나의 손을 잡을 때
세상에 지쳐있던 나는 힘을 내곤 해
니가 곁에 있어서

세상에 너란 사람은 한 사람 뿐이지만
나에게 너란 사람은 세상일 수 있다고

너에게 고백하고 싶은 말
사랑해 아껴둔 그 말 한 마디
두근대던 가슴에 사랑이 스며들고
가난했던 마음을 너로 가득 채우고
포근했던 말들로 사랑을 속삭이면
올해 추운 겨울도 마냥 행복할 거야
따스할 수 있어서

Lemon Pie (레몬 파이)

스탠딩 에그　작사_ 스탠딩 에그

멈춰 버린 것 같아 나만 빼고 모두

아무것도 들리지 않아

너를 바라볼 때마다 항상 그래

사랑에 빠져 버린 것 같아

너는 달콤하고 새콤하면서 봄날처럼 싱그러워

겉모습이랑 다르게 속은 너무 부드러워

그런 널 어떻게 내가 싫어할 수 있겠니

yellow lemon pie

바라만 봐도 난 행복해

겹겹이 쌓여서 알 수 없는 네 맘 같아

그래서 또 보고파

yellow lemon pie

상상만으로도 행복해

어느새 사르르 녹아내린 내 맘 같아

그래서 또 보고파

빨라진 것만 같아 나만 빼고 모두

발이 떨어지지가 않아

너와 헤어질 때마다 항상 그래

사랑에 빠져 버린 것 같아

애인 있어요

이은미 작사_ 최은하

아직도 넌 혼잣거니 물어보네요

난 그저 웃어요

사랑하고 있죠 사랑하는 사람 있어요

그대는 내가 안쓰러운 건가봐

좋은 사람 있다며 한번 만나보라 말하죠

그댄 모르죠

내게도 멋진 애인이 있다는 걸

너무 소중해 꼭 숨겨두었죠

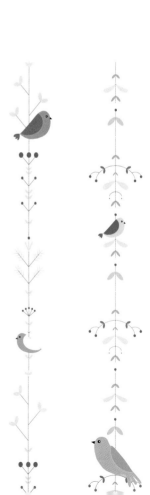

그 사람 나만 볼 수 있어요
내 눈에만 보여요
내 입술에 영원히 담아둘 거야
가끔씩 차오르는 눈물만 알고 있죠
그 사람 그대라는걸

나는 그 사람 갖고 싶지 않아요
욕심나지 않아요
그냥 사랑하고 싶어요

알겠죠 나 혼자 아닌 걸요
안쓰러워 말아요
언젠가는 그 사람 소개할게요
이렇게 차오르는 눈물이 말하나요
그 사람 그대라는 걸

너에게 간다

윤종신, 김범수 작사_ 윤종신

너에게 간다
다신 없을 것 같았던 길

내가 지금 숨이 차오르는 건
빠르게 뛰는 이유만은 아냐
너를 보게 되기에 그리움 끝나기에
나의 많은 약속들 가운데
이렇게 갑자기 찾아들었고
며칠 밤이 길었던 약속 같지 않은 기적
너와 헤어짐에 자신했던 세월이란 믿음은
나에게만은 거꾸로 흘러
너를 가장 사랑했던 그 때로 나를 데려가서
멈춰 있는 추억 속을 맴돌게 했지

단 한번 그냥 무심한 인사였어도 좋아
수화기 너의 목소리 그 하나 만으로도
너에게 간다

다신 없을 것 같았던 길
문을 열면 네가 보일까
흐르는 땀 숨 고른 뒤 살며시 문을 밀어본다

내가 지금 숨이 차오는 건
빠르게 뛰는 이유만은 아냐
너를 보게 되기에 그리움 끝나기에
나의 많은 약속들 가운데
이렇게 갑자기 찾아들었고
며칠 밤이 길었던 약속 같지 않은 기적
너의 갑작스런 전화 속에 침착할 수 없었던
내 어설펐던 태연함 속엔
하고픈 말 뒤섞인 채 보고 싶단 말도 못하고
반가운 맘 누르던 나 너를 향한다

취미는 사랑

가을방학 작사_ 정바비

미소가 어울리는 그녀
취미는 사랑이라 하네

만화책도 영화도 아닌 음악 감상도 아닌
사랑에 빠지게 된다면 취미가 같으면 좋겠대
난 어떤가 물었더니 미안하지만 자기 취향이 아니라 하네

주말에는 영화관을 찾지만
어딜 가든지 음악을 듣지만
조금 비싼 카메라도 있지만
그런 걸 취미라 할 수는 없을 것 같대
좋아하는 노래 속에서
맘에 드는 대사와 장면 속에서
사람과 사람 사이 흐르는 온기를 느끼는 것이
가장 소중하다면서 물을 준 화분처럼 웃어 보이네

미소가 어울리는 그녀
취미는 사랑이라 하네
얼마나 예뻐 보이는지
그냥 사람 표정인데
몇 잔의 커피값을 아껴 지구 반대편에 보내는
그 맘이 내 못난 맘에 못내 맘에 걸려
또 그만 들여다보게 돼

내가 취미로 모은 제법 값 나가는 컬렉션
그녀는 꼭 남자애들이 다투던 구슬 같대
그녀의 눈에 비친 삶은 서투른 춤을 추는 불꽃
따스함을 전하기 위해 재를 남길 뿐인데
미소가 어울리는 그녀

취미는 사랑이라 하네

사랑 two

윤도현 작사_ 이경희

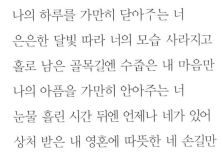

나의 하루를 가만히 닮아주는 너
은은한 달빛 따라 너의 모습 사라지고
홀로 남은 골목길엔 수줍은 내 마음만
나의 아픔을 가만히 안아주는 너
눈물 흘린 시간 뒤엔 언제나 네가 있어
상처 받은 내 영혼에 따뜻한 네 손길만

처음엔 그냥 친군 줄만 알았어
아무 색깔 없이 언제나 영원하길
또 다시 사랑이라 부르진 않아
아무 아픔 없이 너만은 행복하길

널 만나면 말 없이 있어도
또 하나의 나처럼 편안했던 거야
널 만나면 순수한 네 모습에
철없는 아이처럼 잊었던 거야
내겐 너무 소중한 너
내겐 너무 행복한 너

그 중에 그대를 만나

이선희 작사_김이나

그렇게 대단한 운명까진
바란 적 없다 생각했는데
그대 하나 떠나간 내 하룬 이제
운명이 아님 채울 수 없소

별처럼 수많은 사람들 그 중에 그대를 만나
꿈을 꾸듯 서롤 알아보고
주는 것만으로 벅찼던 내가 또 사랑을 받고
그 모든 건 기적이었음을

그렇게 어른이 되었다고
자신한 내가 어제 같은데
그대라는 인연을 놓지 못하는
내 모습 어린아이가 됐소

나를 꽃처럼 불러주던 그대 입술에 핀 내 이름
이제 수많은 이름들 그 중에 하나 되고
그대의 이유였던 나의 모든 것도
그저 그렇게

별처럼 수많은 사람들 그 중에 서로를 만나
사랑하고 다시 멀어지고
억겁의 시간이 지나도 어쩌면 또다시 만나
우리 사랑 운명이었다면
내가 너의 기적이었다면

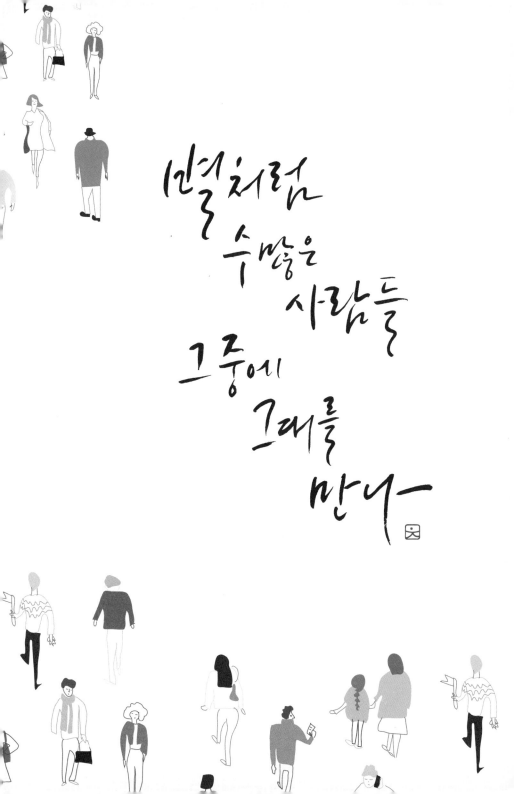

별처럼
수많은
사람들
그중에
그대를
만나

기다리다

윤하 작사_ 심재희

어쩌다 그댈 사랑하게 된 거죠
어떻게 이렇게 아플 수 있죠
한번 누구도 이처럼 원한 적 없죠
그립다고 천 번쯤 말해보면 닿을까요
울어보고 떼쓰면 그댄 내 마음 알까요

그 이름 만 번쯤 미워해 볼까요
서운한 일들만 손꼽을까요
이미 사랑은 너무 커져 있는데
그댄 내가 아니니 내 맘 같을 수 없겠죠
그래요 내가 더 많이 좋아한 거죠

아홉 번 내 마음 다쳐도 한번 웃는 게 좋아
그대 곁이면 행복한 나라서
싫은 표정 한번 조차도 편히 지은 적 없죠
그대 말이면 뭐든 다 할 듯 했었죠

천년 같은 긴 기다림도 그댈 보는 게 좋아
하루 한 달을 그렇게 일 년을
오지 않을 그댈 알면서 또 하염없이 뒤척이며
기다리다 기다리다 잠들죠

나 언제쯤 그댈 편하게 볼까요
언제쯤 이 욕심 다 버릴까요
그대 모든 게 알고 싶은 나인데
언제부터 내 안에 숨은 듯이 살았나요
꺼낼 수조차 없는 깊은 가시가 되어

그댈 위해 아끼고 싶어 누구도 줄 수 없죠
나는 그대만 그대가 아니면
혼자인게 더 편한 나라 또 어제처럼 이곳에서
기다리고 기다리는 나예요

좋은 사람

김형중, 토이 작사_ 유희열

오늘은 무슨 일인 거니
울었던 얼굴 같은 걸
그가 너의 마음을 아프게 했니
나에겐 세상 젤 소중한 너인데
자판기 커피를 내밀어
그 속에 감춰온 내 맘을 담아
고마워 오빠 너무 좋은 사람이야
그 한마디에 난 웃을 뿐

혹시 넌 기억하고 있을까
내 친구 학교 앞에 놀러왔던 날
우리들 연인 같다 장난쳤을 때
넌 웃었고 난 밤 지새웠지

네가 웃으면 나도 좋아
넌 장난이라 해도
널 기다렸던 날 널 보고 싶던 밤
내겐 벅찬 행복 가득한데

나는 혼자여도 괜찮아
널 볼 수만 있다면
늘 너의 뒤에서 늘 널 바라보는
그게 내가 가진 몫인것만 같아

친구들 지겹다 말하지
늘 같은 노랠 부르는 나에게
하지만 그게 바로 내 마음인걸
그대 먼 곳만 보네요
혹시 넌 그날 내 맘을 알까
우리들 아는 친구 모두 모인 밤
술 취한 널 데리러 온 그를 내게
인사시켰던 나의 생일 날

네가 좋으면 나도 좋아
네 옆에 그를 보며
나와 너무 다른 난 초라해지는
그에게 널 부탁한다는 말 밖에

같이 가줄래

윤종신 작사_ 박주연

나 홀로 있을 때 위로해주던

세상을 여는 눈 돼주던

하루하루를 겨우 버텨내던 지친 내 몸을

가만히 안아주던 늘 같은 하소연

꿈 같은 꿈들을 끝없이 들어만 주던

울고 싶을 때 울고나도 창피하지 않도록 맘 써주던

너 때문인걸 내가 살고 싶은 건

헤매던 내 길을 함께 해주던

보석 같은 너의 눈물 흘리게 흘리게 할 수 없어

남은 힘은 널 위해 바칠게

같이 가줄래 너만 있어 준다면
난 괜찮은 사람으로 살 것 같아
너의 웃음 지켜주다 보면
내 삶도 웃을거야
그 하나로 난 족하지
내 눈감는 그 순간 너의 얼굴 하나 있다면

내 눈이 먼다면 빛의 기억처럼
다만 널 의지하기를
나를 못 믿는 그런 날이 오면
너를 거울로 살아가길

화분

알렉스 작사_강현민

멀리서 멀리서 멀리서 그대가 오네요

이 떨리는 마음을 어떻게 말해야 하나요
그댄 처음부터 나의 마음을 빼앗고
나을 수 없는 병을 내게 주었죠
화분이 될래요
나는 늘 기도하죠

난 그대 작은 창가에 화분이 될게요
아무 말 못해도 바랄 수 없어도
가끔 그대의 미소와 손길을 받으며
잠든 그대 얼굴 한 없이 볼 수 있겠죠

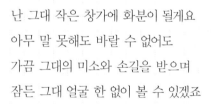

멀리도 멀리도 멀리도 그대가 가네요

떨어지는 눈물을 어떻게 달래야 하나요
그댄 처음부터 나의 마음을 가졌고
나을 수 없는 병을 앓게 한 거죠
화분이 되고픈 나는 늘 기도하죠

가끔 미치도록
네가 안고 싶어질 때가 있어

가을방학 작사_ 정바비

만약이라는 두 글자가 오늘 내 맘을 무너뜨렸어

어쩜 우린 웃으며 다시 만날 수 있어

그렇지 않니

음악을 듣고 책을 읽고 영화를 보고 사람들을 만나고

우습지만 예전엔 미처 하지 못했던 생각도 많이 하게 돼

넌 날 아프게 하는 사람이 아냐

수없이 많은 나날들 속을

반짝이고 있어 항상 고마웠어

아무도 이해할 수 없는 얘기겠지만

그렇지만 가끔 미치도록 네가

안고 싶어질 때가 있어

너 같은 사람은 너밖에 없었어

마음 둘 곳이라곤 없는 이 세상 속에

첫사랑이죠

나윤권 & 아이유　작사_ 심현보, 김윤희

어쩜 우리 어쩜 지금 어쩜 여기 둘이 됐을까요
흐르는 시간 별처럼 많은 사람 속에
내 마음 속 내 눈 가득 온통 그대 소복소복 쌓여요
차가운 손끝까지 소리 없이 따뜻해지나봐

말하지 않아도 우리
마주 본 두 눈에 가득 차 있죠
이젠 그대 아플 때 내가 이마 짚어줄 거예요
겁내지 말아요 우리
꿈처럼 설레는 첫사랑이죠
조심스럽게 또 하루하루 늘 차곡차곡
사랑할게요

그대 얼굴 그 목소리 떠올리면 발그레해지는 맘
하얗게 얼어있던 추운 하루 녹아내리나 봐

보이지 않아도 우리
마주 쥔 두 손이 참 따뜻하죠
그대 잠 못 드는 밤
내가 두 볼 감싸줄 거예요
서로를 믿어요 우리
별처럼 반짝일 첫사랑이죠
두근거려도 또 한발 한발 좀 더 가까이

반가운 첫눈처럼 나에게 온 그대와 첫 입맞춤을 하고파
들려요 그대 마음 세상엔 우리 둘뿐인가 봐

말하지 않아도 우리
마주 본 두 눈에 가득 차 있죠
이젠 그대 아플 때 내가 이마 짚어줄 거예요
겁내지 말아요 우리
꿈처럼 설레는 첫사랑이죠
조심스럽게 또 하루하루 늘 차곡차곡
사랑할게요

You're my first love

오르막길

정인, 윤종신　작사_윤종신

이제부터 웃음기 사라질 거야

가파른 이 길을 좀 봐

그래 오르기 전에

미소를 기억해두자

오랫동안 못 볼지 몰라

완만했던 우리가 지나온 길엔

달콤한 사랑의 향기

이제 끈적이는 땀

거칠게 내쉬는 숨이

우리 유일한 대화일지 몰라

한걸음 이제 한걸음일 뿐

아득한 저 끝은 보지 마

평온했던 길처럼

계속 나를 바라봐줘

그러면 견디겠어

사랑해 이 길 함께 가는 그대
굳이 고된 나를 택한 그대여
가끔 바람이 불 때만
저 먼 풍경을 바라봐
올라온 만큼 아름다운 우리 길
기억해 혹시 우리 손 놓쳐도
절대 당황하고 헤매지 마요

더 이상 오를 곳 없는
그 곳은 넓지 않아서
우린 결국엔 만나
오른다면

더 이상 오를 곳 없는
그 곳은 넓지 않아서
우린 결국엔 만나
크게 소리 쳐
사랑해요 저 끝까지

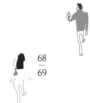

특.

바다 속이 떨어졌다

사람들은 내 어깨를 치며 지나갔다.

급히 고개를 ... 숙이 ... 이어폰을 찾아 꽂았다.

#2. 또 다른 시작

그리움

이젠 그랬으면 좋겠네

조용필 작사_박주연

나는 떠날 때부터 다시 돌아올 걸 알았지
눈에 익은 이 자리 편히 쉴 수 있는 곳
많은 것을 찾아서 멀리만 떠났지
난 어디 서 있었는지

하늘 높이 날아서 별을 안고 싶어
소중한 건 모두 잊고 산 건 아니었나

이젠 그랬으면 좋겠네
그대 그늘에서 지친 마음 아물게 해
소중한 건 옆에 있다고
먼 길 떠나려는 사람에게 말했으면

너를 보낼 때부터 다시 돌아올 걸 알았지
손에 익은 물건들
편히 잘 수 있는 곳
숨고 싶어 헤매던 세월을 딛고서
넌 무얼 느껴왔는지

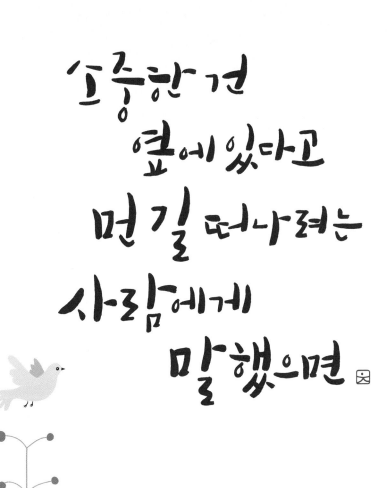

소중한건
옆에 있다고
먼 길 떠나려는
사람에게
말했으면

그게 아니고

10cm 작사_ 권정열, 윤철종

어두운 밤 골목길을 혼자 털레털레 오르다
지나가는 네 생각에 내가 눈물이 난 게 아니고
이부자리를 치우다 너의 양말 한 짝이 나와서
갈아 신던 그 모습이 내가 그리워져 운 게 아니고
보일러가 고장 나서 울지

책상 서랍을 비우다 니가 먹던 감기약을 보곤
환절기마다 아프던 니가 걱정돼서 운 게 아니고
선물 받았던 목도리 말라빠진 어깨에 두르고
늦은 밤 내내 못 자고 술이나 마시며 운 게 아니고
보일러가 고장 나서 울지

어두운 밤 골목길을 혼자 털레털레 오르다
지나가는 네 생각에 우네

봄날은 간다

김윤아 작사_ 김윤아

눈을 감으면 문득 그리운 날의 기억
아직까지도 마음이 저려 오는 건
그건 아마 사람도 피고 지는 꽃처럼
아름다워서 슬프기 때문일 거야
아마도

봄날은 가네 무심히도
꽃잎은 지네 바람에
머물 수 없던 아름다운 사람들

가만히 눈 감으면 잡힐 것 같은
아련히 마음 아픈 추억 같은 것들

봄은 또 오고 꽃은 피고 또 지고 피고
아름다워서 너무나 슬픈 이야기

나만 몰랐던 이야기

아이유 작사_ 김이나

정말 넌 다 잊었더라

반갑게 날 보는 너의 얼굴 보니

그제야 어렴풋이 아파오더라

새 살 차오르지 못한 상처가

눈물은 흐르질 않더라

이별이라 하는 게 대단치도 못해서

이렇게 보잘 것 없어서

좋은 이별이란 거

결국 세상엔 없는 일이라는 걸

알았다면 그때 차라리 다 울어둘 걸

그때 이미 나라는 건

네겐 끝이었다는 건

나만 몰랐었던 이야기

사랑은 아니었더라
내 곁에 머물던 시간이었을 뿐
이제야 어렴풋이 알 것만 같아
왜 닌 미안했어야만 했는지
내가 너무 들떴었나 봐
떠나는 순간마저 기대를 했었다니
얼마나 우스웠던 거니

여전히 아름다운지

김연우, 토이 작사_ 유희열

첨엔 혼자라는 게 편했지
자유로운 선택과 시간에
너의 기억을 지운 듯 했어
정말 난 그런줄로 믿었어
하지만 말야
이른 아침 혼자 눈을 뜰 때
내 곁에 니가 없다는 사실을 알게 될 때면
나도 모를 눈물이 흘러

변한 건 없니 날 웃게 했던
예전 그 말투도 여전히 그대로니
난 달라졌어 예전만큼 웃질 않고
좀 야위었어 널 만날 때보다

나를 이해해 준 지난 날을
너의 구속이라 착각했지
남자다운 거라며 너에겐
사랑한단 말조차 못했어

하지만 말야
빈 종이에 가득 너의 이름 쓰면서
네게 전화를 걸어 너의 음성 들을 때
나도 모를 눈물이 흘러

변한 건 없니 내가 그토록
사랑한 미소도 여전히 아름답니
난 달라졌어 예전만큼 웃질 않고
좀 야위었어 널 만날 때보다

그는 어떠니 우리 함께한 날들
잊을 만큼 너에게 잘해주니
행복해야 돼
나의 모자람 채워줄
좋은 사람 만났으니까

우리가 있던 시간

스웨덴세탁소 작사_ 최인영

생각한다 지난날들 눈이 부시도록 아름다웠던
사라진다 뜨겁게 안아주던 네 손끝 향기가
들려온다 너의 그 노래가 날 부르는 목소리가
불러본다 서툴게 날 맴돌던 내 기억 속 그 이름을

짧은 하루라도 숨이 멎을 것 같아
밀려오는 잔상들로
미치도록 그리던 순간들로 또 널 기다려본다

흩어진다 깊게 새겨졌던 우리의 시간들이
잡지 못해 작아진 뒷모습도 이젠 닿을 수가 없잖아

사라질 것 같던 우리의 시간들이
아직도 날 붙잡고
한번만 더 너를 담게 된다면 그땐 놓지 않을게
우릴 놓지 않을게

편지

김광진 작사_ 허승경

여기까지가 끝인가 보오
이제 나는 돌아서겠소
억지 노력으로 인연을 거슬러 괴롭히지는 않겠소
하고 싶은 말 하려 했던 말 이대로 다 남겨두고서
혹시나 기대도 포기하려 하오
그대 부디 잘 지내시오

기나긴 그대 침묵을 이별로 받아두겠소
행여 이 맘 다칠까 근심은 접어두오
사랑한 사람이여 더 이상 못 보아도
사실 그대 있음으로
힘겨운 날들을 견뎌 왔음에 감사하오

좋은 사람 만나오
사는 동안 날 잊고 사시오
진정 행복하길 바라겠소
이 맘만 가져 가오

야생화

박효신   작사_ 박효신, 김지향

하얗게 피어난 얼음 꽃 하나가
달가운 바람에 얼굴을 내밀어
아무 말 못했던 이름도 몰랐던
지나간 날들에 눈물이 흘러
차가운 바람에 숨어 있다
한줄기 햇살에 몸 녹이다
그렇게 너는 또 한 번 내게 온다

좋았던 기억만
그리운 마음만
네가 떠나간 그 길 위에
이렇게 나만 서 있다
잊혀질 만큼만
괜찮을 만큼만
눈물 머금고 기다린 떨림 끝에
다시 나를 피우리라

사랑은 피고 또 지는 타버리는 불꽃
빗물에 젖을까 두 눈을 감는다
어리고 작았던 나의 맘에
눈부시게 빛나던 추억 속에
그렇게 너를 또 한 번 불러본다

좋았던 기억만
그리운 마음만
네가 떠나간 그 길 위에
이렇게 나만 서 있다
잊혀질 만큼만
괜찮을 만큼만
눈물 머금고 기다린 떨림 끝에

다시 나는
메말라가는 땅 위에 온몸이 타 들어가고
내 손끝에 남은 너의 향기 흩어져 날아가
멀어져 가는 너의 손을 붙잡지 못해 아프다
살아갈 만큼만
미워했던 만큼만
먼 훗날 너를 데려다 줄
그 봄이 오면 그날에 나 피우리라

바람이 분다

이소라　작사_ 이소라

바람이 분다 서러운 마음에
텅 빈 풍경이 불어온다
머리를 자르고 돌아오는 길에
내내 글썽이던 눈물을 쏟는다
하늘이 젖는다 어두운 거리에
찬 빗방울이 떨어진다
무리를 지으며 따라오는 비는
내게서 먼 것 같아 이미 그친 것 같아
세상은 어제와 같고 시간은 흐르고 있고
나만 혼자 이렇게 달라져 있다
바람에 흩어져 버린 허무한 내 소원들은
애타게 사라져간다

바람이 분다 시린 한기 속에
지난 시간을 되돌린다
여름 끝에 선 너의 뒷모습이
차가웠던 것 같이 다 알 것 같아
내게는 소중했던 잠 못 이루던 날들이
너에겐 지금과 다르지 않았다
사랑은 비극이어라
그대는 내가 아니다
추억은 다르게 적힌다
나의 이별은 잘 가라는 인사도 없이 치러진다
세상은 어제와 같고 시간은 흐르고 있고
나만 혼자 이렇게 달라져 있다
내게는 천금 같았던 추억이 담겨져 있던
머리 위로 바람이 분다

눈물이 흐른다

물들어

BMK 작사_ 정지찬

머리에 얹은 너의 손
나는 잊을 수가 없어서
내 아픈 가슴을 너의 익숙함으로
다시 감싸 줘야해

나에게 너의 손이 닿은 후
나는 점점 물들어
너의 색으로 너의 익숙함으로
나를 모두 버리고

물들어
너의 사랑 안에 나는
물들어
벗어날 수 없는 너의 사랑에
나를 모두 버리고
커져만 가는 너의 사랑 안에 나는 이제

사랑은 손톱 끝에 물들은
분홍 꽃잎처럼
네 안에 사는 걸 널 위해 변해 가는 걸
이제 모두 버리고

물들어
너의 사랑 안에 나는
물들어
벗어날 수 없는 너의 사랑에
나를 모두 버리고
커져만 가는 너의 사랑 안에 나는 이제
손끝으로 파고와 목을 스친 상처로
심장 안에 머물며 나는 이제 너에게

물들어

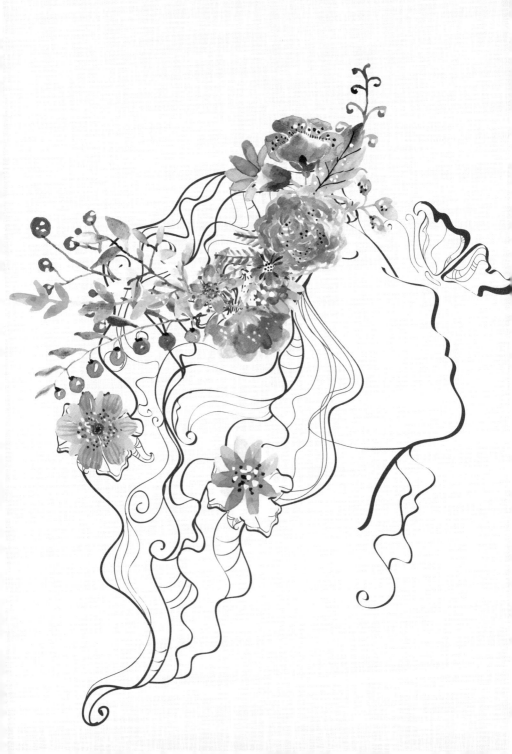

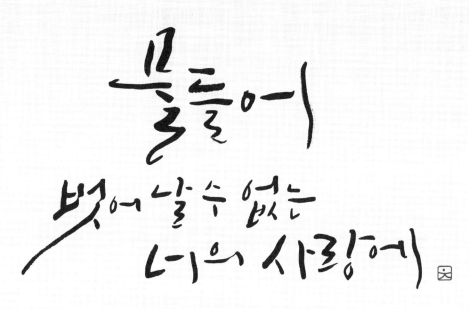

꽃들어

벗어날 수 없는
너의 사랑에

사랑앓이

FTisland 작사_ 류재현

그리울 때 눈 감으면 더 잘 보이는 그런 사람
잊으려 하고 지우려 하면 더 많이 생각나는 사람
그 사람 꼭 올 거라고 내 가슴에 해로운 거짓말을 하고
꼭 올 거라는 말은 안 했지만 기다릴 수밖에 없는 사람

너무나 많이 사랑한 죄 널 너무나 많이 사랑한 죄
난 너로 인해 그 죄로 인해 기다림을 앓고 있다고
내가 더 많이 사랑한 죄 널 너무나 많이 그리워한 죄
난 너로 인해 그 죄로 인해 눈물로 앓고 있다고 이렇게

그 사람 꼭 올 거라고 내 가슴에 해로운 거짓말을 하고
꼭 올 거라는 말은 안 했지만 기다릴 수밖에 없는 사람

너무나 많이 사랑한 죄 널 너무나 많이 사랑한 죄
난 너로 인해 그 죄로 인해 기다림을 앓고 있다고
내가 더 많이 사랑한 죄 널 너무나 많이 그리워한 죄
난 너로 인해 그 죄로 인해 눈물로 앓고 있다고
헤어짐은 늘 빠른 사람 잊혀짐은 늘 더딘 사람
늘 나에게만 늘 모진 사람 나 혼자 앓고 있었다고

그대 나를 이렇게 멀리 떠나가야만 했니
그대 나를 이렇게 멀리 떠나가야만 했니
그저 내 목숨 다 바쳐 사랑할 사람
이제 날 잊고 살아갈 무정한 사람
그저 내 전부를 다 바쳐 사랑할 사람
이제 날 잊고 살아갈 너

내 목숨 다 바쳐서 사랑할 사람 내게는 눈물만 주고 간 사람
늘 나에게만 늘 모진 사람 나 혼자 앓고 있었다고

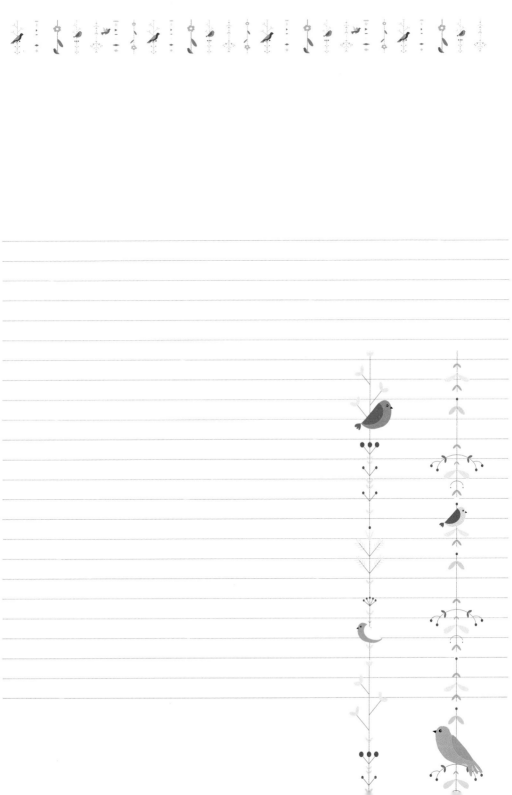

파란 달이 뜨는 날에

랄라스윗 작사_ 김현아

바람이 멎고 바다가 마르면 하나 둘씩 피어오르는
별이 멈추고 하늘이 걷히면 춤을 추는 얼어버린 시간

소리도 없이 찾아온 새벽
너의 체취 담은 숨소리가
봄날의 진한 향기로 날 찾아
그때와는 다른 새벽인데

꿈을 꾸는 밤이 오면

서로의 숨을 세던 그때
눈이 내리는 한여름 같은
기적 속에 사는 너를 안고
멈춰 버린 시간에 서 있어

파란 달이 뜨는 날에
초록 비가 내린 날에

바람이 불고 바다가 달리면 나는 다시 꿈에서 깨어
별이 보이지 않는 하늘 당연한 듯 걸어갈 테지만

꿈을 꾸는 밤이 오면

투명한 춤을 추던 그때
눈이 내리는 한여름 같은
기적 속에 사는 너를 안고
멈춰 버린 시간에 서 있어

파란 달이 뜨는 날에
초록 비가 내린 날에
다시 오지 않을 날에
그런 날들에

나와 같다면

김장훈 작사_ 박주연

어떤 약속도 없는 그런 날엔
너만 혼자 집에 있을 때
넌 옛 생각이 나는지
그럴 땐 어떡하는지

또 우울한 어떤 날 비마저 내리고
늘 우리가 듣던 노래가 라디오에서 나오면

나처럼 울고 싶은지
왜 자꾸만 후회 되는지
나의 잘못했던 일과
너의 따뜻한 마음만 더 생각나

너의 방안을 정리하다가
내 사진이 혹시 나오면
넌 그냥 찢고 마는지
한참을 바라보는지

그대여 나와 같다면
내 마음과 똑같다면
그냥 나에게 오면 돼
널 위해 비워 둔 내 맘 그 자리로

이별 택시

김연우 　작사_ 윤종신

건너편에 니가 서두르게
택시를 잡고 있어
익숙한 니 동네 외치고 있는 너
빨리 가고 싶니 우리 헤어진 날에
집으로 향하는 너
바라보는 것이 마지막이야
내가 먼저 떠난다
택시 뒤창을 적신 빗물 사이로
널 봐야만 한다 마지막이라서

어디로 가야 하죠 아저씨
우는 손님이 처음인가요
달리면 어디가 나오죠
빗속을

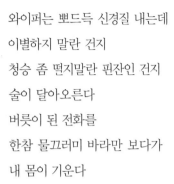

와이퍼는 뽀드득 신경질 내는데
이별하지 말란 건지
청승 좀 떨지말란 핀잔인 건지
술이 달아오른다
버릇이 된 전화를
한참 물끄러미 바라만 보다가
내 몸이 기운다

어디로 가야 하죠 아저씨
우는 손님이 귀찮을 텐데
달리면 사람을 잊나요
빗속을

지금 내려 버리면 갈 길이 멀겠죠 아득히
달리면 아무도 모를거야 우는지 미친 사람인지

눈의 꽃

박효신 작사_ SATOMI

어느새 길어진 그림자를 따라서
땅거미 진 어둠 속을 그대와 걷고 있네요
손을 마주 잡고 그 언제까지라도
함께 있는 것만으로 눈물이 나는 걸요
바람이 차가워지는 만큼 겨울은 가까워 오네요
조금씩 이 거리 그 위로
그대를 보내야 했던 계절이 오네요

지금 올해의 첫 눈꽃을 바라보며
함께 있는 이 순간에 내 모든 걸 당신께 주고 싶어
이런 가슴에 그댈 안아요
약하기만 한 내가 아니에요
이렇게 그댈 사랑하는데 그저 내 맘이 이럴 뿐인 거죠

그대 곁이라면 또 어떤 일이라도
할 수 있을 것만 같아 그런 기분이 드네요
오늘이 지나고 또 언제까지라도
우리 사랑 영원하길 기도하고 있어요

바람이 나의 창을 흔들고 어두운 밤마저 깨우면
그대 아픈 기억마저도 내가 다 지워줄게요
환한 그 미소로 끝없이 내리는 새하얀 눈꽃들로
우리 걷던 이 거리가 어느새 변한 것도 모르는 채
환한 빛으로 물들어 가요
누군갈 위해 난 살아갔나요
무엇이든 다 해주고 싶은 이런 게 사랑인줄 배웠어요
혹시 그대 있는 곳 어딘지 알았다면
겨울밤 별이 돼 그대를 비췄을 텐데
웃던 날도 눈물에 젖었던 슬픈 밤에도
언제나 그 언제나 곁에 있을게요

지금 올해의 첫 눈꽃을 바라보며
함께 있는 이 순간에 내 모든 걸 당신께 주고 싶어
이런 가슴을 그댈 안아요
울지 말아요 나를 바라봐요
그저 그대의 곁에서 함께이고 싶은 맘뿐이라고
다신 그댈 놓지 않을 테요
끝없이 내리며 우릴 감싸 온 거리 가득한 눈꽃 속에서
그대와 내 가슴에 조금씩 작은 추억을 그리네요
영원히 내 곁에 그대 있어요

사랑 그 쓸쓸함에 대하여

양희은 작사_양희은

다시 또 누군가를 만나서
사랑을 하게 될 수 있을까?
그럴 수는 없을 것 같아
도무지 알 수 없는 한 가지
사람을 사랑하게 되는 일
참 쓸쓸한 일인 것 같아

사랑이 끝나고 난 뒤에는
이 세상도 끝나고
날 위해 빛나던 모든 것도
그 빛을 잃어버려

누구나 사는 동안에 한번
잊지 못할 사람을 만나고
잊지 못할 이별도 하지
도무지 알 수 없는 한 가지
사람을 사랑한다는 그 일
참 쓸쓸한 일인 것 같아

사랑이 끝나고 난 뒤에는
이 세상도 끝나고
날 위해 빛나던 모든 것도
그 빛을 잃어버려

누구나 사는 동안에 한번
잊지 못할 사람을 만나고
잊지 못할 이별도 하지
도무지 알 수 없는 한 가지
사람을 사랑한다는 그 일
참 쓸쓸한 일인 것 같아

사랑이
다른 사랑으로 잊혀지네

하 림 작사_박주연

언젠가 마주칠 거란 생각은 했어

한눈에 그냥 알아보았어

변한 것 같아도 변한 게 없는 너

가끔 서운하니

예전 그 마음 사라졌단게

예전 뜨겁던 약속 버린 게 무색해진데도

자연스런 일이야

그만 미안해하자

다 지난 일인데

누가 누굴 아프게 했건

가끔 속절없이 날 울린

그 노래로 남은 너

잠신 걸 믿었어

잠 못 이뤄 뒤척일 때도

어느덧 내 손을 잡아준

좋은 사람 생기더라

사랑이 다른 사랑으로 잊혀지네
이대로 우리는 좋아 보여
후회는 없는 걸
그 웃음을 믿어봐
믿으며 흘러가

사랑이 다른 사랑으로 잊혀지네
이대로 우리는 좋아 보여
후회는 없는 걸
그 웃음을 믿어봐
먼 훗날 또 다시
이렇게 마주칠 수 있을까
그때도 알아볼 수 있을까

이대로 좋아보여
이대로 흘러가
니가 알던 나는
이젠 나도 몰라

딩동.
'이번 정차역은······.'
예전 살던 동네에 멈춰 섰다.
가게에선 그때 그 시간이 흘러 나왔다.

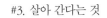

#3. 살아 간다는 것

그리고…

어떤 사람 A

윤상 작사_ 박창학

꿈에서 깨어나기 전에
다 끝나기 전에
그 이름을 불러야 할 텐데
내가 지금 여기 서 있다고

이젠 연극이 끝나고 조명이 꺼지면
관객들의 박수갈채 속에서
어느새 난 까맣게 잊혀질 텐데

널 위한 무대 위에서
난 언제나 그냥 지나가는 사람

이름도 없이 대사도 없이
화려한 불빛 아래 서 있는
너의 곁을 잠시 지나가는 사람
운명이 내게 정해 준 배역
어떤 사람

먼저 무대를 내려와
화장을 지우고
숨 죽인 채 널 바라보고 있는
많은 사람들 속에 나도 서 있지

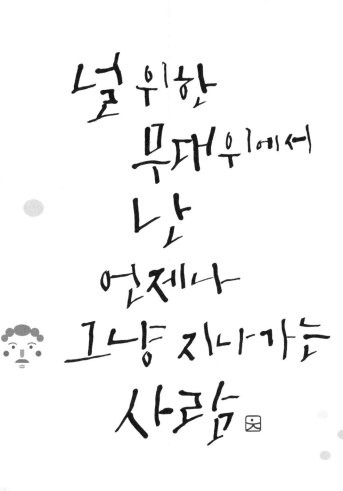

널 위한
무대위에서
난
언제나
그냥 지나가는
사람

위잉위잉

혁오 작사_오혁

비틀비틀 걸어가는 나의 다리
오늘도 의미 없는 또 하루가 흘러가죠
사랑도 끼리끼리 하는 거라 믿는 나는
좀처럼 두근두근거릴 일이 전혀 없죠
위잉위잉 하루살이도
처량한 나를 비웃듯이 멀리 날아가죠
비잉비잉 돌아가는
세상도 나를 비웃듯이 계속 꿈틀대죠

Tell me Tell me Please don't tell
차라리 듣지 못한 편이 내겐 좋을 거야
Tell me Tell me Please don't tell
차라리 보지 못한 편이 내겐 좋을 거야

사람들 북적대는 출근길의 지하철엔
좀처럼 카드 찍고 타 볼 일이 전혀 없죠
집에서 뒹굴뒹굴 할 일 없어 빈둥대는
내 모습 너무 초라해서 정말 죄송하죠

위잉위잉 하루살이도
처량한 나를 비웃듯이 멀리 날아가죠
비잉비잉 돌아가는
세상도 나를 비웃듯이 계속 꿈틀대죠

쌔앵 쌔앵 칼바람도
상처난 내 마음을 어쩌지는 못할 거야
뚜욱 뚜욱 떨어지는
눈물이 언젠가는 이 세상을 덮을 거야

Tell me Tell me Please don't tell
차라리 듣지 못한 편이 내겐 좋을 거야
Tell me Tell me Please don't tell
차라리 보지 못한 편이 내겐 좋을 거야
Tell me Tell me Please don't tell
차라리 느껴보지 못한 편이 좋을 거야
Tell me Tell me Please don't tell
차라리 살아보지 못한 편이 좋을 거야

우리는 선처럼 가만히 누워

요조 작사_ 요조

우리는 선처럼 가만히 누워
닿지 않는 천장에 손을 뻗어보았지
별을, 진짜 별을 손으로 딸 수 있으면 좋을 텐데
그럼 너의 앞에 한 쪽만 무릎 꿇고
저 멀고 먼 하늘의 끝 빛나는 작은 별
너에게 줄게 다녀올게
말할 수 있을 텐데

우리는 선처럼 가만히 누워
볼 수 없는 것을 보려 눈을 감아 보았지
어딘가 정말로
영원이라는 정류장이 있으면 좋을 텐데
그럼 뭔가 잔뜩 들어있는 배낭과
시들지 않는 장미꽃 한 송이를 들고
우리 영원까지 함께 가자고
말할 수 있을 텐데

우리는 선처럼 가만히 누워
우리는 선처럼 가만히 누워

바람기억

나얼 작사_나얼

바람 불어와 내 맘 흔들면
지나간 세월에 두 눈을 감아 본다
나를 스치는 고요한 떨림
그 작은 소리에 난 귀를 기울여 본다
내 안에 숨쉬는
커버린 삶의 조각들이
날 부딪혀 지날 때
그 곳을 바라보리라

우리의 믿음 우리의 사랑
그 영원한 약속들을
나 추억한다면 힘차게 걸으리라
우리의 만남 우리의 이별
그 바래진 기억에
나 사랑했다면 미소를 띄우리라

내 안에 있는 모자란 삶의 기억들이
날 부딪혀 지날 때 그 곳을 바라보리라

외줄타기

루시드 폴 작사_루시드 폴

떨려오는 마음 안은 채로
저기 까마득한 지평선으로
한 발 한 발 걸어가다 보면
나도 부채처럼 가벼울 수 있을까

개미 한 마리 나를 질러 달려 나가네

바람 거세게 불어와도
자유롭게 가볍게 걸어가는 너

사실 나는 함께 가고 싶어

너의 등에 업힌 채로
너의 손을 잡은 채로
저 아래 너른 들판
혹은 깊은 바다
울고 싶을 때 울 수 있는
그런 곳 말이야

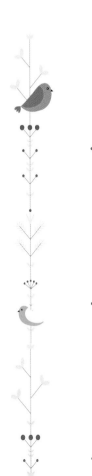

서리 내린 추운 밤이 오면
나를 꼭 안아줄 네가 필요해
조심스레 다가가려 해도
너는 쏜살처럼 달아날지도 몰라

나를 흔들리게 하는 건 내 몸의 무게

나를 얼마나 던져버리면
기분 좋게 솔직하게 걸을 수 있을까

사실 나는
함께 가고 싶어

우리 어깨 기댄 채로
우리 머리 맞댄 채로
저 하늘 흰 구름 속
혹은 깊은 숲 속
쉬고 싶을 때 쉴 수 있는
그런 곳 말이야

거위의 꿈

카니발 작사_ 이적

난 난 꿈이 있었죠
버려지고 찢겨 남루하여도
내 가슴 깊숙이 보물과 같이 간직했던 꿈

혹 때론 누군가가
뜻 모를 비웃음 내 등 뒤에 흘릴 때도
난 참아야했죠 참을 수 있었죠 그날을 위해

늘 걱정하듯 말하죠
헛된 꿈은 독이라고
세상은 끝이 정해진 책처럼
이미 돌이킬 수 없는 현실이라고

그래요 난 난 꿈이 있어요
그 꿈을 믿어요 나를 지켜봐요
저 차갑게 서 있는 운명이란 벽 앞에
당당히 마주칠 수 있어요

언젠가 나 그 벽을 넘고서
저 하늘을 높이 날을 수 있어요
이 무거운 세상도
나를 묶을 순 없죠
내 삶의 끝에서 나 웃을 그날을 함께해요

난- 꿈이 있었죠
버려지고
찢겨
남루하여도
내 가슴
깊숙이
보물과 같이
간직했던 꿈

서른 즈음에

김광석 　작사_ 강승원

또 하루 멀어져 간다 내뿜은 담배 연기처럼
작기만 한 내 기억 속에 무얼 채워 살고 있는지

점점 더 멀어져 간다 머물러 있는 청춘인줄 알았는데
비어가는 내 가슴 속엔 더 아무 것도 찾을 수 없네

계절은 다시 돌아 오지만 떠나간 내 사랑은 어디에
내가 떠나 보낸 것도 아닌데 내가 떠나 온 것도 아닌데

조금씩 잊혀져 간다 머물러 있는 사랑인줄 알았는데
또 하루 멀어져 간다 매일 이별하며 살고 있구나

매일 이별하며 살고 있구나

고백

델리스파이스 작사_ 김민규

중2때까지 늘 첫째 줄에
겨우 160이 됐을 무렵
쓸만한 녀석들은 모두 다
이미 첫사랑 진행 중

정말 듣고 싶었던 말이야
물론 2년 전 일이지만
기뻐야하는 게 당연한데
내 기분은 그게 아냐

하지만 미안해 이 넓은 가슴에 묻혀
다른 누구를 생각했었어
미안해 너의 손을 잡고 걸을 때에도
떠올렸었어 그 사람을

널 좋아하면 좋아할수록
상처 입은 날들이 더 많아
모두가 즐거운 한 때에도
나는 늘 그곳에 없어

정말 미안한 일을 한 걸까
나쁘진 않았었지만
친구인 채였다면 오히려
즐거웠을 것만 같아

하지만 미안해 네 넓은 가슴에 묻혀
다른 누구를 생각했었어
미안해 너의 손을 잡고 걸을 때에도
떠올랐었어 그 사람이

보편적인 노래

브로콜리너마저 작사_윤덕원

보편적인 노래를 너에게 주고 싶어
이건 너무나 평범해서 더 뻔한 노래
어쩌다 우연히 이 노래를 듣는다 해도
서로 모른 채 지나치는 사람들처럼
그때, 그때의 사소한 기분 같은 건
기억조차 나지 않았을 거야

이렇게 생각을 하는 건 너무 슬퍼
사실 아니라고 해도 난 아직 믿고 싶어
너는
이 노래를 듣고서 그때의 마음을
기억할까, 조금은

보편적인 노래가 되어
보편적인 날들이 되어
보편적인 일들이 되어
함께한 시간도 장소도 마음도 기억나지 않는
보편적인 사랑의 노래
보편적인 이별의 노래에
문득 선명하게 떠오르는
그때, 그때의 그때

그렇게 소중했었던 마음이
이젠 지키지 못한 그런 일들로만 남았어
괜찮아 이제는 그냥 잊어버리자
아무리 아니라 생각을 해보지만

지나간다

김범수 작사_박진영

감기가 언젠간 낫듯이
열이 나면 언젠간 식듯이
감기처럼 춥고 열이 나는 내가
언젠간 나을 거라 믿는다

추운 겨울이 지나가듯
장맛비도 항상 끝이 있듯
내 가슴에 부는 추운 비바람도
언젠간 끝날 걸 믿는다

얼마나 아프고 아파야 끝이 날까
얼마나 힘들고 얼마나 울어야
내가 다시 웃을 수 있을까

지나간다 이 고통은 분명히 끝이 난다
내 자신을 달래며 하루하루 버티며 꿈꾼다
이 이별의 끝을

영원할 것 같던 사랑이
이렇게 갑자기 끝났듯이
영원할 것 같은 이 짙은 어둠도
언젠간 그렇게 끝난다

그 믿음이 없인 버틸 수 없어
그 희망이 없었으면 난 벌써
쓰러졌을 거야 무너졌을 거야
그 희망 하나로 난 버틴 거야

지나간다 이 고통은 분명히 끝이 난다
내 자신을 달래며 하루하루 버티며 꿈꾼다
이 이별의 끝을

이 이별의 끝을

야상곡

김윤아　작사_ 김윤아

바람이 부는 것은 더운 내 맘 삭여 주려
계절이 다 가도록 나는 애만 태우네
꽃잎 흩날리던 늦봄의 밤 아직 남은 님의 향기
이제나 오시려나 나는 애만 태우네

애달피 지는 저 꽃잎처럼 속절없는 늦봄의 밤
이제나 오시려나 나는 애만 태우네

구름이 애써 전하는 말, 그 사람은 널 잊었다
살아서 맺은 사람의 연, 실낱 같아 부질없다
꽃 지네 꽃이 지네, 부는 바람에 꽃 지네
이제 님 오시려나 나는 애만 태우네

하늘을 달리다

이적 작사_이적

두근거렸지 누군가 나의 뒤를 쫓고 있었고
검은 절벽 끝 더 이상 발 디딜 곳 하나 없었지
자꾸 목이 메어 간절히 네 이름을 되뇌었을 때
귓가에 울리는 그대의 뜨거운 목소리
그게 나의 구원이었어

마른 하늘을 달려
나 그대에게 안길 수만 있으면
내 몸 부서진대도 좋아
설혹 너무 태양 가까이 날아
두 다리 모두 녹아 내린다고 해도
내 맘 그대 마음속으로 영원토록 달려갈 거야

내가 미웠지 난 결국 이것밖에 안 돼 보였고
오랜 꿈들이 공허한 어린 날의 착각 같았지
울먹임을 참고 남몰래 네 이름을 속삭였을 때
귓가에 울리는 그대의 뜨거운 목소리
그게 나의 희망이었어

허약한 내 영혼에 힘을
날개를 달 수 있다면
마른 하늘을 달려
나 그대에게 안길 수만 있으면
내 몸 부서진대도 좋아
설혹 너무 태양 가까이 날아
두 다리 모두 녹아 내린다고 해도
내 맘 그대 마음속으로
영원토록 달려갈 거야

Butterfly (버터플라이)

러브홀릭스 작사_ 강현민, 이재학

어리석은 세상은 너를 몰라
누에 속에 감춰진 너를 못 봐
나는 알아 내겐 보여
그토록 찬란한 너의 날개

겁내지마 할 수 있어
뜨겁게 꿈틀거리는
날개를 펴 날아올라 세상 위로

태양처럼 빛을 내는 그대여
이 세상이 거칠게 막아서도
빛나는 사람아 난 너를 사랑해
널 세상이 볼 수 있게 날아 저 멀리

꺾여버린 꽃처럼 아플 때도
쓰러진 나무처럼 초라해도
너를 믿어 나를 믿어
우리는 서로를 믿고 있어

심장의 소릴 느껴봐
힘겹게 접어 놓았던
날개를 펴 날아올라 세상 위로

벅차도록 아름다운 그대여
이 세상이 차갑게 등을 보여도
눈부신 사람아 난 너를 사랑해
널 세상이 볼 수 있게 날아 저 멀리

미아

박정현 작사_윤종신

또 다시 그 길을 만났어
한참을 걸어도 걸어도
익숙한 거리 추억투성이
미로 위의 내 산책

벗어나려 접어든 길에
기억이 없어서 좋지만
조금도 못 가 눈앞에 닿는
너의 손이 이끌었던 그때 그 자리

길을 잃어버린 나 가도가도 끝없는
날 부르는 목소리 날 향해 뛰던
너의 모습이 살아오는 듯
돌아가야 하는 나
쉬운 길은 없어서
돌고 돌아가는 길
그 추억 다 피해 이제 다 와가는 듯

나의 집 저 멀리 보여서
발걸음 재촉하려 하다
너무 많았던 추억뿐인 곳
날 항상 바래다주던 이 길뿐인데

우두커니 한참 바라보다가
어느새 길 한 가득 니 모습들
그 속을 지나려 내딛는 한걸음
천천히 두 눈을 감고서
길은 어디에

길을 잃어버린 나 가도가도 끝없는
날 부르는 목소리 날 향해 뛰던
너의 모습이 살아오는 듯
돌아가야 하는 나 쉬운 길은 없어서
돌고 돌아가는 길 그 추억 다 피해
이제 도착한 듯 해
이젠

동행

김동률 작사_ 김동률

넌 울고 있었고 난 무력했지
슬픔을 보듬기엔 내가 너무 작아서
그런 널 바라보며
내가 할 수 있던 건 함께 울어주기
그걸로 너는 충분하다고
애써 참 고맙다고 내게 말해주지만
억지로 괜찮은 척 웃음 짓는 널 위해
난 뭘 할 수 있을까

네 앞에 놓여 진 세상의 짐을
대신 다 짊어질 수 없을지는 몰라도
둘이서 함께라면 나눌 수가 있을까
그럴 수 있을까

꼭 잡은 두 손이 나의 어깨가
네 안의 아픔을 다 덜어내진 못해도
침묵이 부끄러워 부르는 이 노래로
잠시 너를 쉬게 할 수 있다면

너의 슬픔이 잊혀지는 게
지켜만 보기에는 내가 너무 아파서
혼자서 씩씩한 척 견디려는 널 위해
난 뭘 할 수 있을까
네 앞에 놓여 진 세상의 벽이
가늠이 안될 만큼 아득하게 높아도
둘이서 함께라면 오를 수가 있을까
그럴 수 있을까
내일은 조금 더 나을 거라고
나 역시 자신 있게 말해줄 순 없어도
우리가 함께 하는 오늘이 또 모이면
언젠가는 넘어설 수 있을까

네 앞에 놓여 진 세상의 길이
끝없이 뒤엉켜진 미로일지 몰라도
둘이서 함께라면 닿을 수가 있을까
그럴 수 있을까
언젠가 무엇이 우릴 또 멈추게 하고
가던 길 되돌아서 헤매이게 하여도
묵묵히 함께 하는 마음이 다 모이면
언젠가는 다다를 수 있을까

엄마로 산다는 것은

이설아　작사_이설아

늦은 밤 선잠에서 깨어
현관문 열리는 소리에
부시시한 얼굴
아들, 밥은 먹었느냐

피곤하니 쉬어야겠다며
짜증 섞인 말투로
방문 휙 닫고 나면
들고 오는 과일 한 접시

엄마도 소녀일 때가
엄마도 나만 할 때가
엄마도 아리따웠던 때가 있었겠지

그 모든 걸 다 버리고
세상에서 가장 강한 존재
엄마, 엄마로 산다는 것은

아프지 말거라 그거면 됐다

수고했어, 오늘도

옥상달빛 작사_김윤주

세상 사람들 모두
정답을 알긴 할까
힘든 일은
왜 한번에 일어날까

나에게 실망한 하루
눈물이 보이기 싫어
의미 없이 밤 하늘만 바라봐
작게 열어둔 문틈 사이로
슬픔 보다 더 큰 외로움이 다가와 더, 날

수고했어 오늘도
아무도 너의 슬픔에 관심 없대도
난 늘 응원해
수고했어 오늘도

빛이 있다고
분명 있다고 믿었던 길마저
흐릿해져 점점 더, 날

수고했어 오늘도
아무도 너의 슬픔에 관심 없대도
난 늘 응원해
수고했어
수고했어
수고했어 오늘도

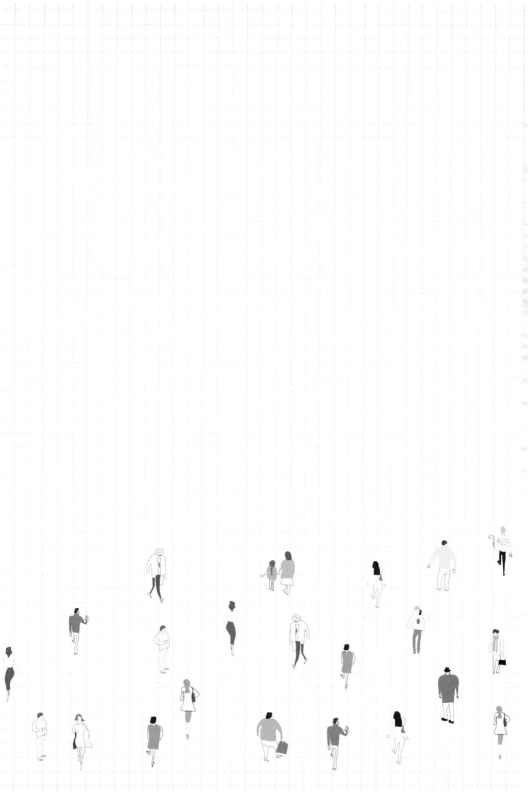

초판 1쇄 인쇄 2015년 11월 19일
초판 1쇄 발행 2015년 11월 27일

정지찬 엮고 씀
캘리그래피 박병철

펴낸이 도승철 | 펴낸곳 카멜레온북스
등록 2005년 5월 2일(제105-14-87935호)
주소 경기도 파주시 회동길 455-2
전화 031-955-9550~3 | 팩스 031-955-9555
홈페이지 http://www.bmirae.com
편집 송재우 고지숙 | 디자인 문고은
마케팅 박선정 | 경영지원 강정희

ISBN 978-89-6546-209-5 03800

KOMCA 승인필

이미지 제공
ⓒ Maria_Galybina, Jane_Lane,
cristatus, Lera Efremova, Tetyana Snezhyk,
tn-prints, Tanor/Shutterstock.com

정지찬은

1996년 제8회 유재하 음악경연대회에서 대상을 받으며 음악 생활을 시작하였다. 1997년 나원주와 함께 '자화상'이란 그룹을 만들어, '별이 되어 내리는 비', '나의 고백' 등을 발표하며 이름을 알리기 시작했다. 이후 'Hue'라는 이름으로 낸 앨범과 원맨밴드 앨범 등 2장의 솔로 앨범에서 전곡을 작사, 작곡, 편곡, 연주까지 혼자 해내며 다채로운 재능을 뽐내었다. 또한 정지찬은 이소라, 이승환 등 수많은 가수들의 곡을 쓰고, 함께 공연을 해 온 뮤지션이다. 최근에는 〈나는 가수다〉와 〈이소라의 두 번째 프로포즈〉의 음악 감독을 역임하였고, 로이킴 앨범을 비롯하여 많은 앨범의 프로듀서로서 활동하고 있다. 지금은 One more Chance라는 그룹을 2010년에 결성하여 계속 활동하고 있다.